U0055059

續航

陳綺詩集

序

愛情是青春的慢板
思念是追憶之歌
每一齣悲劇與喜劇的情節
都有著相同的結局
縱使無法再喚回那份最初
用文字留存　不會再重逢的光陰
或許一生只有數十頁的歲月
所有堅持與期待即使已成灰燼

這是我們一直以來
呼喚過　感動過　害怕　遲疑過的過程
所以我們珍惜這一切　更甚以往

在偶然與必然的相遇
我們皆是旅行人
生命的每一個短暫
都有我們　無法落幕的夢想
許多美麗的期盼
有我們漫長的等待
時間將繼續翻頁　我們的歲月

而我們能留下的始終是
無法使勁掙扎的宿命
回憶的荒漠　脆弱的世界
將成為我們　永恆的續航

陳綺

二〇一二年

目次

卷一

序 002

美好的遭遇

美好的遭遇 016
相遇的意義 018
歸屬 020
彩虹 021
曾經 023
月光 024
追悼 026
假象 028
夢土 029

卷二

我們的愛與哀傷

印記 031
埋葬 032
償還 033
半個故事 034
一往情深 036
我願 037
我相信 038
斷奏 039
離開 040
最後的樂園 044
記錄 051
尋找 056

有限 057
謊言 058
虛構 061
兩條路 062
我想 064
接納 066
錯誤的認知 068
劇本 069
哭泣的霓虹 072
一開始的悲劇 073
秘密 074
無題 076
隱藏 077
我 079
你 082

卷三

我們的愛與哀傷 084
陌生的字詞 089
感傷世界 091
承載 094
尾聲 098

續航

愛、抵達 104
權力 105
守護 107
持續 108
網住 111
深藏 112
夢想城堡 114

相思　115
寂寞之歌　116
永恆的秋天　117
真愛　120
走過　122
寄託　123
肩負　124
續航　128
平凡的旅人　137
你曾猶豫地想起我　139
流浪的目的　141
後記　146

卷一

美好的遭遇

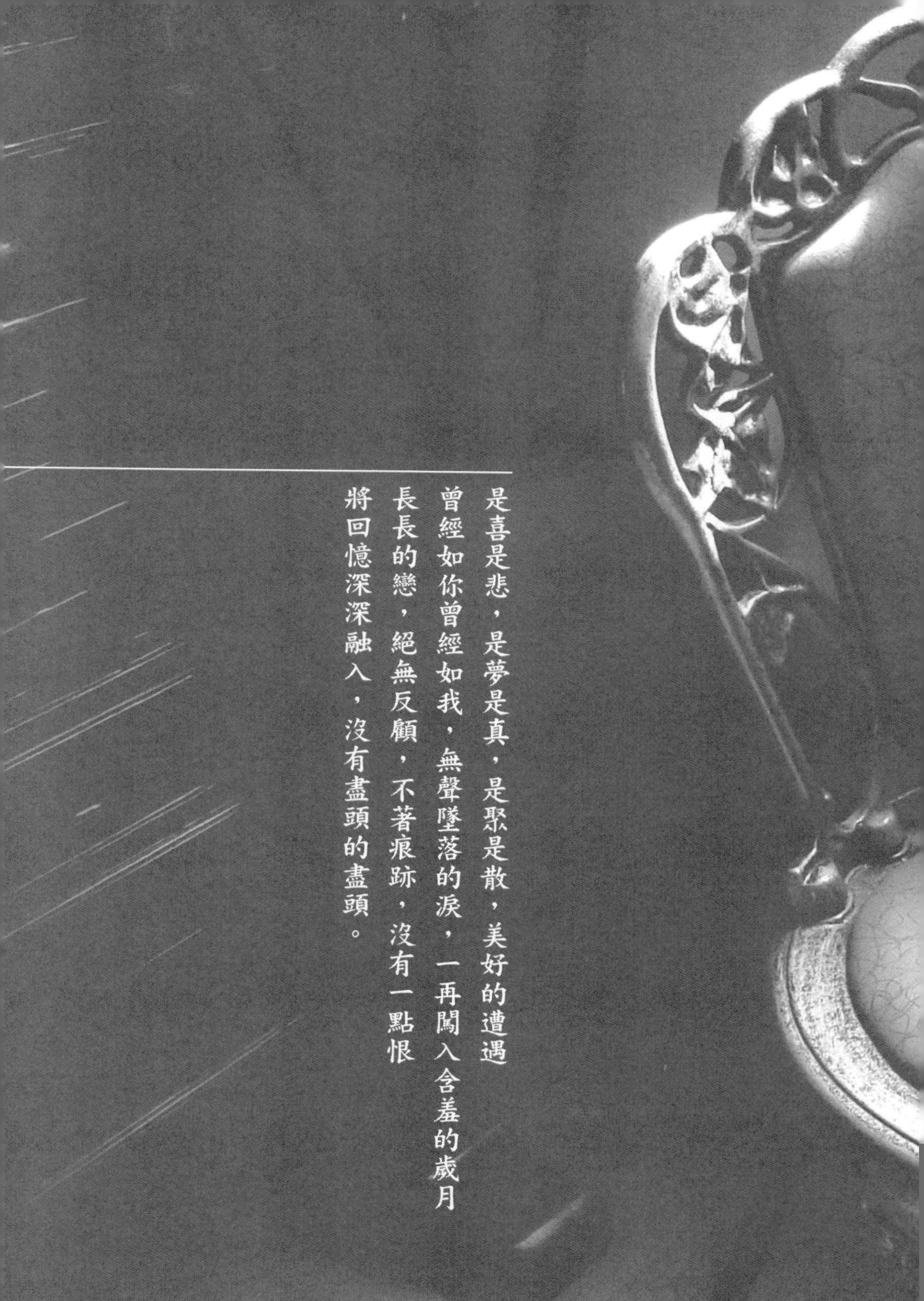

是喜是悲，是夢是真，是聚是散，美好的遭遇
曾經如你曾經如我，無聲墜落的淚，一再闖入含羞的歲月
長長的戀，絕無反顧，不著痕跡，沒有一點恨
將回憶深深融入，沒有盡頭的盡頭。

美好的遭遇

思念不顧一切
將我們擁抱
已潰堤的淚水，在黑夜的燈下
繾綣著遠方的星子

不老的月光
是我們眼神交會而成的一幅永恆

後記：有一天我們都會離開這世界，我相信我們都無法忘記最初相識的那一刻，如果今生的相遇只是一個不小心的錯誤，那麼此行所有喜怒哀樂就當是一場美好的遭遇。

相遇的意義

用一首苦澀的詩
填補，我們孤寂的等盼
空虛的夜，清楚劃分著夢的深度
成千上萬的愛，打造而成的希望
會明白我們相遇的意義

歸屬

……致雙親

一度想逃亡的生活，隨著時間
隨著你為我編織的故事，修護之下
終於有了美好的歸屬

彩虹

你為我步出，希望的腳步
追逐，奔跑
好讓遊走於一片空白中的人生
寄託在，你精彩的戲幕上

曾經

黑暗自天頂的月光展開
雪的結晶，沒有新的秘密

我曾經是為了追尋
你的確存在我心裡面的枯藤

月光

你艷麗的華彩在微風中
依戀著季節的深凹

你為單程旅行中
匆忙上車的每一個人及時獻上
逐漸消失沉淪的光環

時間說，你最清楚太陽發出的訊息

如果浩瀚的穹蒼
是你義無反顧，要跟隨的漂流
請為我守住與落日的一張合約

追悼

繁星開啟夜的序幕
雨絲在歲月的烏雲烙上，深深的足印

泛黃的生命篇章
追悼著我們最終的命運

後記：只有會流淚的星星明白，在愛的過程中，有些事是不被
　允許快樂的。

假象

幸福是假象
千言萬語是一本無字的情書
思念何處是盡頭

一段遺失的愛
只是生命一偶

夢土

我們靈魂深處的痛
深陷於時間的沙漏

愛情率先抵達窮途的末路
歲月還是殘酷寫實著相望的夢土

印記

和你相遇是上帝的賜與
請別忽略我的愛慕
我將心碎譜成的曲淹沒於你的方向
在你願意的時刻裡
我會為你選擇
最後一個留下的印記

埋葬

靠近你的方式從傷勢裡滑過
寂寞在風風雨雨中迅速膨脹
無際荒原的愛情，將一場夢的長度
深深地埋葬

償還

回憶像一段段遺失的等候
沒有幸福與微笑
不捨的淚光釋放著
來不及告訴這世界說不出口的決定
每一幕沒有結局的劇情
償還著前世無限的牽掛

半個故事

光年漫過偽裝的憂傷
用淚水封印
沒有你為我祝福的每一天
我是你前世與此生
都無法接續的半個故事

一往情深

從你的思念可以照映我無盡的虛空
我們共同的信仰
執著於一種殘酷的故事

該如何對你訴說
另一個你是
我無從到訪的一往情深

我願

現實和夢境之間
我是一首絕望的歌
愛情尚未降臨的時分
我願是你夢想展翅飛向的繽紛

我相信

……寫給屬於我的童話

我相信你的真實
相信你的微笑和你的話語
哪怕愛情對我們無常百態

我望著你的凝望
我選擇了不再從童話裡醒來

斷奏

情書揭幕於一滴破碎的淚
命運的春雷，越過
美麗又曲折的道路
最險冷的懸崖
我們共有的心事，無力挽回
一齣壯麗的悲劇

後記：一個以外的人無法守住良善的使命

離開

我們已走完迢迢長路
雖然黃昏的海
總是帶來不明的方向

有一天，我們都會離開
那些遠道而來的流星
我們一起期待的彩虹
花開花謝的情事

後記：速寫的人生如電影般的情節，用遼闊深遠的時間與空間來征服所謂美麗人生，至於放不下的情感就讓身後的精彩讀完它。

最後的樂園

……悼念雙親而作

現實與夢境交錯的時間大洋
我的未來，建築在你心中
想你的飛行途中
片片楓葉，輕輕翻動著我的思念
這趟倉促的旅行中

你不需要想起什麼
就能速讀我今生的牽掛
誰能體會我們漫漫路程中
卻要過完短暫的歲月

時光的列車，早已照不見
已是歷史的疤痕

我們擁有
生與死砌成的四方牆
命運無法再次擊傷我們

已流血的傷口
你在我不會遺忘的遙遠
我看不見也聽不見

大雪已匆匆落在
我們無法復返的每一天

在全新的天堂
你的生命我的想念
燦爛如茫茫星光

我願意與你這一場，短暫的人生
就算後來沒有你之後
歲月在我身上
有雙倍的期望

你不在的日子
一刻如一輩子般冗長

我知道如果有機會
你還是有很多話要對我說
對於我們來不及明白的世界

你已感到厭倦，說不出任何始末
你給我的天空
如今，依舊一片湛藍

我們的生存
只是一場各自各的戲碼
沒有星星的夜晚
我的夢想繼續缺著角

你終於將自己曲折的一生走完
而我的一生還懷有很多的想像

也仍然相信還有未上演的劇本
世界終將記得我們
過去美好的景色

當日暮緩緩消散
我們將失足於最後的樂園

後記：茫然的思想及消失與存在都有斷限的世界，無法讓生活順著時間走下去，要回到哪裡去，再也沒有機會做出選擇，也許我們暢通無阻的門窗，曾經受過詛咒，感傷的心爬滿了回憶的影子，要投入多少個夜晚，才能再次相遇，朝向死亡之海的你。

記錄

……給我最初與最終

用生活記錄
你未曾離開的，這一場人生
在夢的入口迷迷糊糊地醒著
沒有盡頭的浪花不曾消失
而我們的海面毫無預警地離開

卷二

我們的愛與哀傷

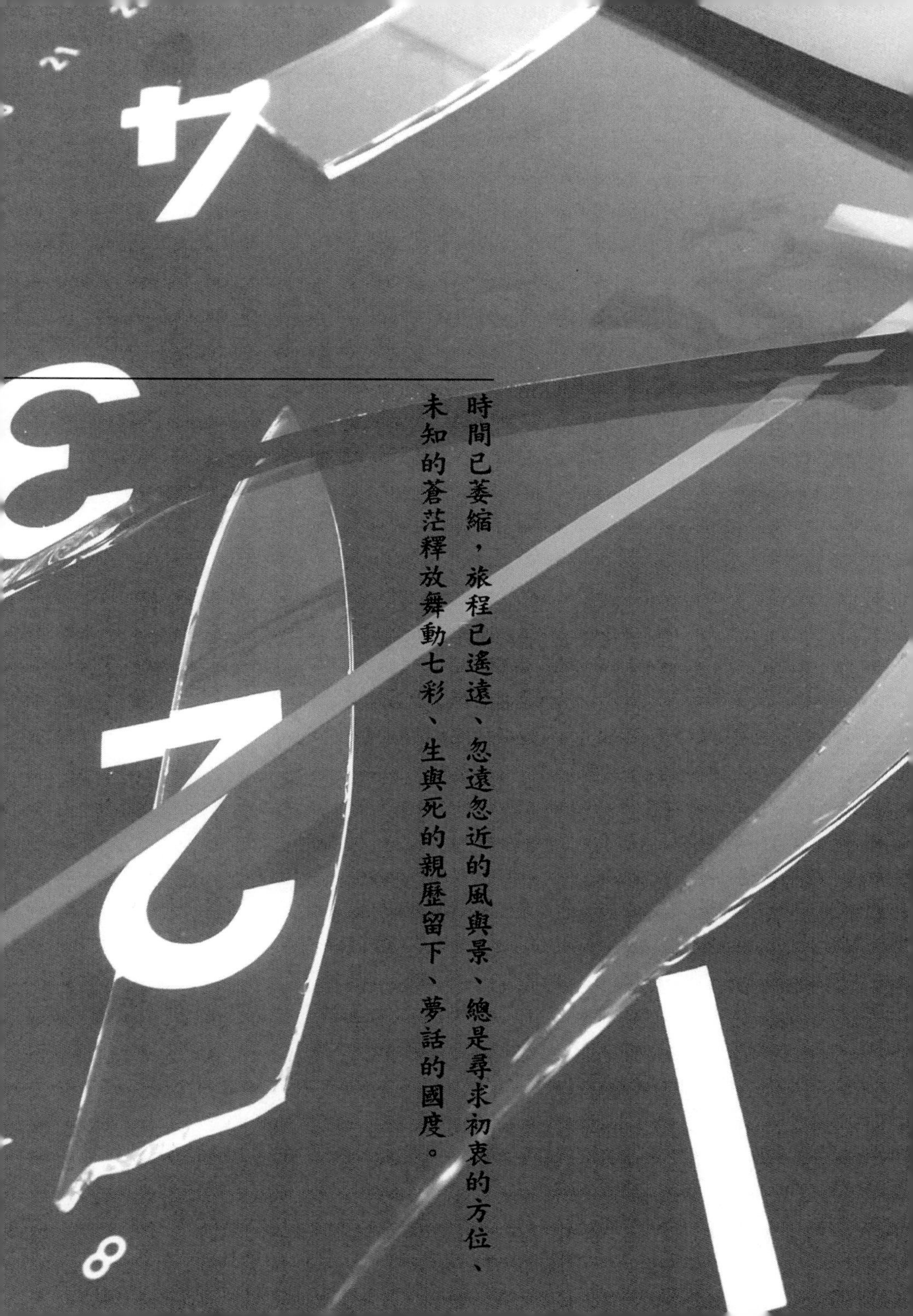

時間已萎縮，旅程已遙遠、忽遠忽近的風與景、總是尋求初衷的方位、
未知的蒼茫釋放舞動七彩、生與死的親歷留下、夢話的國度。

尋找

尋找你的過程是一趟漫長的飛翔
我的淚水裡有你的幸福
屬於你的世界沒有我的居所

後記：我們都在尋找一生的夢想，當自己擁有了方向與想法才
　發現我們已遺漏了太多段回憶。

有限

昨夜傷痛的夢
是一則童話故事的結局
思念的風已吹向生命的終點

我們在最曲折的途徑
召喚著有限的時日

謊言

你是我夢幻中逐漸被撫平的傷痕
我們來不及出發的愛情
將我們繫成最遙遠的依戀

我只能用文字對你說謊
我肉身的每一尺寸思念

後記：關於你經過我夢中的每一段路，關於我心中每一次湧動的海浪，再也無法逐一指認了。

虛構

傷心的淚不曾得到答案
風帶走，不屬於我們的夢想
年華歲月已輪盡
並沒有人記載我們虛構的愛情

兩條路

夜已穿透絕暗的森林
你廣闊的愛往天穹的深處消失
我們之間所有被束縛的承諾
已成無法抉擇的兩條路

我想

有沒有一條路能夠到達
不可知的遠方

我許多的寄託
始終藏匿於昔日的戀情
我未說出的話語
在你急促的步伐裡

已迷失的落腳之地，我想告訴你
我不忍消退的心願

接納

……獻給月光與夜來香

夢想如不負責任的輕狂
黑夜一幕幕是你要飛翔的心願
請接納我還不夠誠實的愛情

錯誤的認知

日漸消瘦的思念不願獨自離席
世界來不及看見一無所有的你我
我們怎能拒絕每一個錯誤的認知

劇本

唯有鬆開夢的枷鎖
我們起初的劇本
才能擁有自己完美的結局

哭泣的霓虹

一首命運交響曲傳出愁鬱的音符
夢落下斑駁的淚
邪惡的雨勢，從不看一眼
在深夜虛弱哭泣的霓虹

一開始的悲劇

……看韓劇《藍色生死戀》有感

黑夜棄守歸途無期的我們
昔日情懷撒下深深的思念

被遺忘的淚水，沉浮於閃亮的記憶
暈黃的字海裡
有我們一開始的悲劇

秘密

你從不知道的秘密
唯一我所能憶起的事
關於你，還有我細細的傷痛

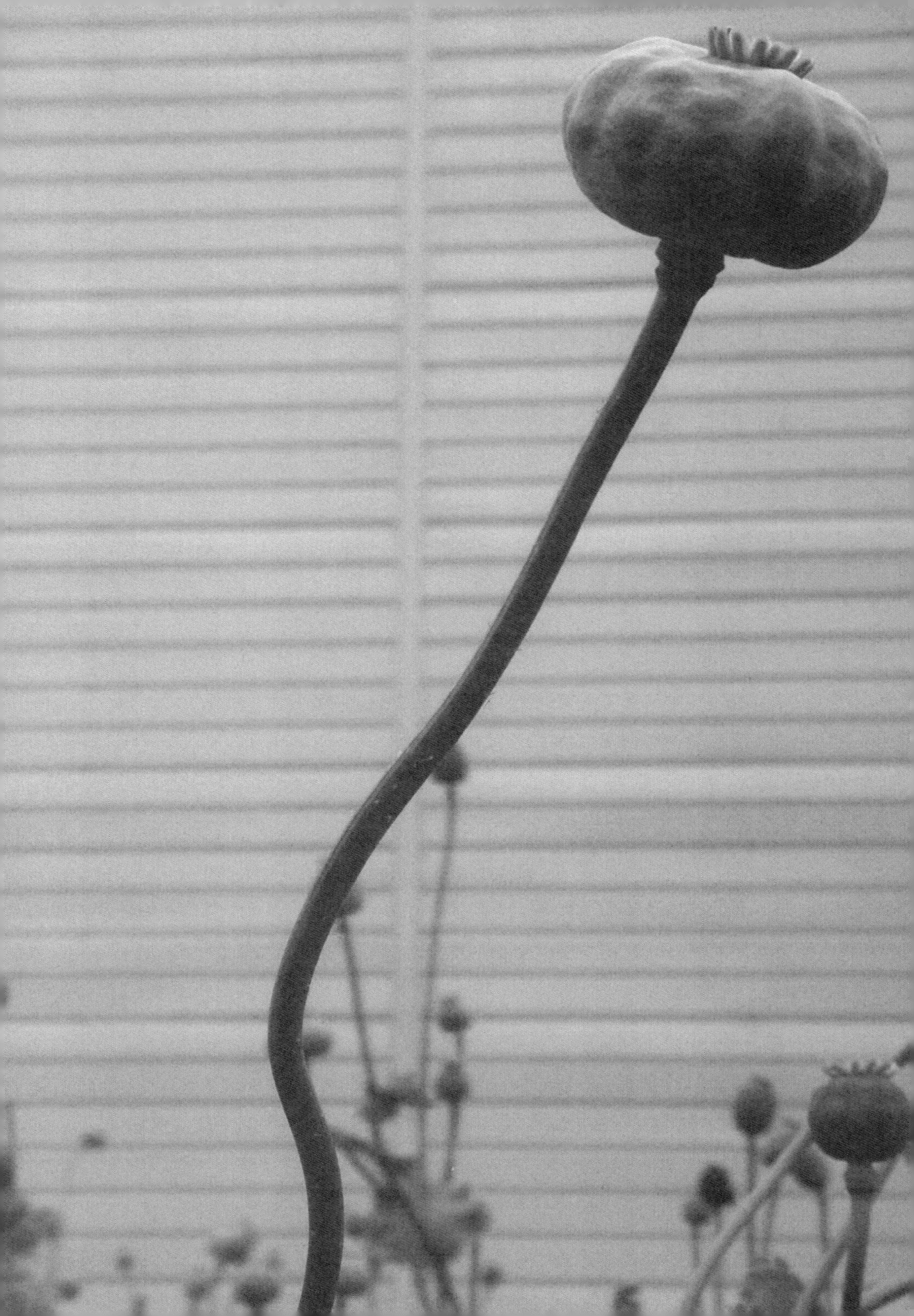

無題

四季的風繼續飄向
前世更深的夢境
愛情間無法跨越的
只有滿天流失的淚水

神話曲折著天長地久
而我，不屬於你的過去
也不屬於你的未來

隱藏

……給一生中即將消失的種種

失去溫度前拾起你遺漏的每一個片斷
用熱情的餘火讓愛燃燒其中
此後的日子，生命歸如一張白紙

時間依舊在世界的懷裡
就讓不宜指示未來方向的夢想

隱藏於跌跌撞撞的歲月

我

……獻給我無法維繫的另一段故事

我從你流浪和苦難裡來
我的身世擁擠如萬事千山的誓言
我的童年裡沒有純熟的夢境
我的思念從不被你採納過

我深深的足跡
沒有你細心勾勒出的愛情
我是你始終無法回憶的傷口

你

……獻給你也無法維繫的另一段故事

你從我美夢裡來
你的愛帶著我永遠化不開的悲傷
你無盡的記憶，總是不讓我撿拾到
你一絲一毫的過往

你的思念從不曾停留，我生命的河流
你的一生可以沒有我的心願
你的世界從不缺少，我的希望與覓尋
你是我始終追逐等待的人

我們的愛與哀傷

……給需要一場神秘聖戰的人

在言語的巷弄
你能洞悉我浩瀚的記憶
我的哭我的笑
不曾揭露我一身的泥濘

別以為我的愛情
只是一句句潦草滑過的筆跡
只因我們的幸福太遙不可及

流浪的人
在永恆無法復返的等待中
想必你已學會要如何寬恕我的傷痛

在無數個字的軀殼裡
我將不再形成的夢境，埋葬

愛，我還不夠靠近
將我們的諾言貼近
另一次的來世
情在的文字中，辨一場詩的恩典
就讓時間去辯證，我們的相遇
在世俗的空洞中存在與否

Tea

陌生的字詞

我是你陌生的字詞
多少年了，我只能藏匿於
舊書頁裡

我曾為了愛，時常跟你坦白
有什麼不可知的悲傷
就要將我們錯開

更久遠以後
你要如何記憶我

感傷世界

望不到你如盡頭的遠方
不肯多寫一句思念
你知道我生澀的演技
有你要的表情

只為一個人偷偷落下的淚
在夜裡盤旋

過去我們的夢想
孤注一擲地航行過
千萬里外的牽戀

我們遙遠的身世
那些斷簡殘篇，月落與日昇
你不太確定的心意
我無法壓抑的情感
仍舊是孤獨的感傷世界

承載

……看《明天過後》電影有感

思念已蒼蒼
時間的度量譜出一首輓詩
花開的速度繫住
通向愛情的捷徑

往事布滿了
走不了又留不住的陷阱
泣零的無限傷逝中
離別之後，能承載多少
淚聲裡的
想念，遺憾與苦難

尾聲

關於我們音樂，書冊，風景
目盲地帶我們到任何地方去

雖然我們已佔據大部份的情緒
但我們無法命定於彼此的掌心

花落已接近尾聲
也許我們沒有悲傷的餘地

愛
讓人驚醒又沉迷
在下一個世紀的隘口
我們將留下曾經的幸福

卷三
續航

為了你，在生生死死的輪迴裡，我只能以靈魂的型式存在

我不會再有變老，變美，又再次變回童年的機會

如果思念可以控制眼淚，那麼就能減輕一點傷痛

許久的來日，人世間的你，依舊是我不變的航向。

愛、抵達

……寫給我堅固的思念

我的愛，倖存於一片海天裡的星星
人生的夢想沒有了去向
如果命運無法再次到臨
你將是我要抵達的全世界

權力

翻閱
感動滿滿牽絆滿滿的歲月
眼淚也無法吹散的回憶
又回到眼前

我們的夢想沒有太多的浪
就如你所描述的人生
我們不要放棄一場

守護

有一天我離開
你將慢慢釋懷
我所有的力量忠於你

請相信無論何時
我心仍在此守護著你

持續

我會不會等到你的永恆
你還在經過
我無數次的起程與數度往返的心願

秋天的每一片落葉
無法覆蓋
我們淒美的傳說

在生生世世的輪迴中
我願意持續尋找
你如密的愛

後記：無論堅持或者沮喪還是辛苦焦慮，我們不必在意冰封的神話，畢竟我們已走過。

網住

雨絲模糊童年的陽光
孤寂以外只有無法退潮的淚水
能網住那幽深的思念

深藏

愛情是一幅流動的畫
如果是真心人，我不會受傷
甜蜜的二行詩，是我等待的證據

如果我們是被世界遺忘了的包袱
我在記憶的風，時光的塵埃
將你深藏

Boutique
Cadeaux
GELATO • CHOCOLATS • SORBETS

夢想城堡

短暫是最美的留戀
我們的相逢，因思念而更靠近

夢想的城堡裡，有我們不凋的歡樂
這般浪漫
收藏著我們感動的淚水

相思

一則古老的故事
一首多情的歌
猶如神之守護的誓言
訴說著密密的相思

寂寞之歌

夢想一生要登上一次完美的舞台
負傷的一淚一行，無緣將永恆繫上

漫步於黑暗之中的愛情
跟隨著一首寂寞之歌

永恆的秋天

當風雨靜止
片片散落的思念
對日落的絢麗輕輕訴說著感謝
因愛而最後一個留下的印記
一再轉身回首，永恆的秋天

真愛

……獻給花蓮千年碧綠神木

歲月是我的入口
光陰是我的出口
而生命則以無法回首的日子所消耗

我等待風的縱容
我盼望秒針上

不知所措的四季
我情不自禁的繽紛
可以湧向遠方的星海
流傳著千萬年也說不盡的真愛

走過

……寫給蝴蝶化石

我走過巨大的宿命，走過荒涼
走過無法前進與後退的寧靜

我走過你的呼喚，走過你的探索
我擁抱著作夢的愛情
永不該醒來的幻想

寄託

相遇終究是一場絕望的分離
我們將背上曾經的朝朝暮暮

有一天
為灰濛濛的愛情
覓得最後的寄託

肩負

你不安與叛逆的飛翔
在雪白的愛情裡

請不必害怕夢會醒
反正你走過的地方
總是不著痕跡

也無需歉疚
你的遺憾裡只剩我的傷痛
在流失的歲月裡
我將永恆地肩負起
我們曾經的天長地久

sarugaku
city / travel
city / travel
city / travel
city / travel
和
city / travel
とまれ
city / travel

city / travel
city / travel
city / travel
LAUNDRY
city / travel

續航

即使只是虛構
所有我陌生的渴望裡
你是我今生最美好的遭遇
也是一首
無法寫到盡頭的長詩

喜歡一個人不是罪過
不喜歡一個人

也不會是罪過

在數不盡的來生
我們無法再次相遇了

人與人之間相互喜歡
彼此深愛著
我伸手握住你的疼惜
你緊緊擁抱我的愛
這樣的兩個人
才能在生命的輪迴裡

以不同的方式
再度相識於人世間

而我們只是
從遙遠的宿命中
無法護衛彼此的愛
死亡和信仰的兩個點

我無聲的吶喊
從不曾帶有憎恨的情緒

你生命的樂章
彈奏出的每一個音符
不停跳動著
我帶傷的淚

那十二乘於三百六十五個日子裡
你從愛圈成的囚籠
一再倉皇逃離

請不必在意
沒有任何你甜蜜的言語

在我生命中流動過
也不用去追索
我從不出現在你的夢境

時光的浪花
將我們如煙的往事
推向，更遠的世界

你最明白
我為你背上的行囊
有多麼沉重

理智是我唯一
綁住生命困頓的方法

我不想告訴全世界
關於我心裡有你的秘密

未來交給微風
我僅存的軀體

我們將續航
兩個不同的旅程

請不必憂心
我該往哪裡，或何時抵達

我美麗的牽絆
包圍不住你流浪的心

所有可能的劇情
並沒有附上完美的結局
我將在你不捨翻摺的
歲月裡虛構地存在

那些充滿荒蕪的字句
始終流著悲傷的油墨

我最最親愛的你
請放心微笑
也盡情一路踩碎
我淵遠流長的情話

至於死亡之後
我只是你無緣再相識了的
一生傳奇的靈魂

後記：我相信真實，我相信永恆，藉由書寫將往事留存下來，愛……這個小小的世界中，我必須容忍，公理與正義無法洗滌我的憂傷，所謂美好人生，用事物溫柔的本身，去面對這殘酷的過程，日復一日，年復一年，我只能用文字反抗並尋求我多麼渴望的每一天。

平凡的旅人

我們開始害怕起的路已走完
季節，情緒，生活，時間對這些
我們都是過客而已

整個世界忍不住
要替我們作出選擇
我們皆是平凡的旅人
就如我們慢慢失落的情感

你曾猶豫地想起我

我生命裡的花火已消失
旅行加深了我的思念

你從沒有為我走進
真實的場景
想著你能讓我安全一切

落日終於在前方展開
患得患失的光與黑暗之中
我知道
你曾猶豫地想起我

流浪的目的

我們的去向雖然已不同
我無法將你置身事外

我們最初的愛情
像清亮的天空
絕不動搖

我會記得
你停駐在我夢中的一瞬間
我會信守承諾，等待
事事都可能盛開的時節
證明我流浪的目的

感謝你們的愛心，
希望狗狗&貓喵們
都能找到牠們的
溫暖幸福！♥

後記

故事成文字
文字能成為動人的詩句
詩能成書冊
這是多麼美妙的際遇
也是我每天生活中　最大的動力
一直以來　我也是這些故事的讀者

更多的時候　我寫作
直到　美麗的黃昏
離時間更走遠之前

謝謝這世界對我
有些善良與美好
雖然我擁有的
並不是　出乎預期的輪迴身世
但　我慶幸與一個氣勢磅礡的
文學世界相遇

謝謝　爸爸　媽媽
謝謝　我最愛的陌生人
謝謝　天與地　物與星　花與果
謝謝　我身邊的所有
你們總是帶給我
創作靈感　題材與感動的意境

我常在路的盡頭　停下腳步
傾聽　城市的聲音
刪刪改改　心事片語
我寫作　希望藉由詩裡的

抒情　夢幻　親情　愛情　友情
死亡　重生　信心與真心
跟大家交流　分享

我保有一份初衷
一份對文字的　熱愛與執著
感激　每一個角落的光芒

陳綺

二〇一二秋天留筆

讀詩人29　PG0866

續航
——陳綺詩集

作　　者　陳　綺
責任編輯　黃姣潔
圖文排版　彭君如
封面設計　王嵩賀

出版策劃　釀出版
製作發行　秀威資訊科技股份有限公司
114 台北市內湖區瑞光路76巷65號1樓
電話：+886-2-2796-3638　傳真：+886-2-2796-1377
服務信箱：service@showwe.com.tw
http://www.showwe.com.tw
郵政劃撥　19563868　戶名：秀威資訊科技股份有限公司
展售門市　國家書店【松江門市】
104 台北市中山區松江路209號1樓
電話：+886-2-2518-0207　傳真：+886-2-2518-0778
網路訂購　秀威網路書店：http://www.bodbooks.com.tw
國家網路書店：http://www.govbooks.com.tw
法律顧問　毛國樑　律師
總 經 銷　聯合發行股份有限公司
231新北市新店區寶橋路235巷6弄6號4F
電話：+886-2-2917-8022　傳真：+886-2-2915-6275

出版日期　2012年12月　BOD一版
定　　價　180元

Printed in Taiwan

國家圖書館出版品預行編目

續航 / 陳綺著. -- 一版. -- 臺北市：釀出版, 2012.12
面； 公分. --（讀詩人 ; PG0866）
BOD版
ISBN 978-986-5976-95-8（平裝）

851.486 101023562

讀者回函卡

感謝您購買本書，為提升服務品質，請填妥以下資料，將讀者回函卡直接寄回或傳真本公司，收到您的寶貴意見後，我們會收藏記錄及檢討，謝謝！
如您需要了解本公司最新出版書目、購書優惠或企劃活動，歡迎您上網查詢或下載相關資料：http:// www.showwe.com.tw

您購買的書名：______________________________

出生日期：________年________月________日

學歷：□高中（含）以下　□大專　□研究所（含）以上

職業：□製造業　□金融業　□資訊業　□軍警　□傳播業　□自由業
　　　□服務業　□公務員　□教職　□學生　□家管　□其它_____

購書地點：□網路書店　□實體書店　□書展　□郵購　□贈閱　□其他

您從何得知本書的消息？

□網路書店　□實體書店　□網路搜尋　□電子報　□書訊　□雜誌
□傳播媒體　□親友推薦　□網站推薦　□部落格　□其他__________

您對本書的評價：（請填代號　1.非常滿意　2.滿意　3.尚可　4.再改進）

封面設計____　版面編排____　內容____　文／譯筆____　價格____

讀完書後您覺得：

□很有收穫　□有收穫　□收穫不多　□沒收穫

對我們的建議：______________________________

____

____

____

請貼
郵票

11466
台北市內湖區瑞光路 76 巷 65 號 1 樓
秀威資訊科技股份有限公司 收
BOD 數位出版事業部

（請沿線對折寄回，謝謝！）

姓　　名：________________ 年齡：________ 性別：□女　□男

郵遞區號：□□□□□

地　　址：____

聯絡電話：(日) ________________ (夜) ________________

E-mail：____